PAUL MARROT

LE
Paradis moderne

POÉSIES

—

NOS DIEUX — LES VICTIMES
IRONIES ET GAIETÉS
NATALIA — LA VIE ÉTERNELLE

PARIS

ALPHONSE LEMERRE, ÉDITEUR

27-31, PASSAGE CHOISEUL, 27-31

—

M DCCC LXXXIII

Le Paradis moderne

POÉSIES

PAUL MARROT

LE
Paradis moderne
POÉSIES

—

PARIS

ALPHONSE LEMERRE, ÉDITEUR

27-31, PASSAGE CHOISEUL, 27-31

—

M DCCC LXXXIII

Sur le Seuil

Janua cœli.

LA porte du ciel, où vivront
Les saints après le dernier cierge,
A-t-elle, sur un fond d'or vierge,
De gros rubis cloués en rond?

Y voit-on l'or qui nous affame,
La soie ou les damas subtils?
Ou les battants en seraient-ils
Capitonnés de peau de femme?

Les élus trônent-ils avec
Des anges, dont la multitude
Enchantent leur béatitude
Par la mandore et le rebec ?

Rêverons-nous parmi des saintes
Qui, pour nous en avantager,
Ont gardé leur fleur d'oranger
Et de simple tulle sont ceintes ?

— Homme, puisque tu ne peux pas
Faire du Ciel une peinture
Sans la prendre dans la Nature,
Que cherches-tu hors d'ici-bas ?

Un mirage idéal t'allèche
Et t'abuse : l'Éternité !
Tu t'y vois en veston d'été,
Toujours jeune et la barbe fraîche !

Passe, tourne, car l'Univers
Nous emporte en sa grande roue!
Aime, mange, travaille et joue.
... Et cependant voici des vers.

Lecteur, ferme un peu ta lanterne
Magique, aux décors trop bleuis,
Et permets-moi de t'ouvrir l'huis
Moins bleu du Paradis moderne.

I

Nos Dieux

NOS DIEUX

——

I

Le Dieu jaune

LE sang des peuples, les suées
Des échines exténuées,
Les soupirs des voix mi-tuées
Ne s'envolent point par buées
Pour former l'amas des nuées.

La substance humaine s'usant,
Les râles de l'agonisant,
Dans les airs se vaporisant,
Ne retombent pas, arrosant
La race humaine avec du sang.

La vapeur, où la peine abonde,
Agrégeant sa masse féconde,
Se moule en une idole blonde :
Dieu de métal qu'on baise et fronde.
Les yeux clos, il mène le monde.

Ce dieu jaune, c'est le louis,
Qui tient en ses flancs, enfouis,
Talismans, philtres inouïs.
Il transforme les « nons » en « ouis »,
En palais les bouibouis.

Fait de peine, il suinte la joie ;
Pétri de pâleurs, il rougeoie ;
Né dans la bure, il vêt la soie
Et prend à celui qui larmoie
Pour gaver celui qui festoie.

II

Le Messie

Les femmes dont les flancs portent l'être futur
Font le rêve parfois, dans le nerveux malaise,
Que le fils attendu sera, vers l'âge mûr,
Hoche, Newton, Hugo, Rubens ou Pergolèse.

Dans l'histoire, salon très clair ou très obscur,
Le tableau de ses faits ornera la cymaise.
Comme un Duguay-Trouin debout sur la falaise,
Large, il se taillera son cadre en plein azur.

Juive, un espoir plus grand tente ta chair féconde ;
Toi, c'est le Dieu promis que tu peux mettre au monde
Si tu sais rester pure en tes désirs subtils.

Aussi, quel vaste amour quand, bravant l'anathème,
Tu murmures à quelque heureux fils des Gentils :
« — Je renonce à porter le Messie, et je t'aime! »

III

Culte immortel

JE lui disais :

         — « Serait-ce un rayon du matin
« Que retint prisonnier ici le store en tulle ?
« Dans ce jour délicat je vois sur ta pendule
« Pleurer la Madeleine en bronze florentin.

« La sainte, aux repentirs d'amour encore experte,
« Semble avoir sur l'émail voulu figer le temps ;
« Seuls les tic-tac du cœur compteront nos instants ;
« Veut-elle nous voiler celui de notre perte ?

« Ta toilette en pur marbre est bien comme un autel
« Où le psaume fervent languissamment s'épelle.
« Tels les cœurs poignardés sur un mur de chapelle,
« Nos deux cœurs flamberont d'un désir immortel :

« Ils saigneront sous les bouquets; tes violettes
« Exhalent toutefois une trop pâle odeur;
« Éveillons des parfums plus étonnants d'ardeur :
« Que ton boudoir s'anime au feu des cassolettes!

« Je te veux dans un nimbe attirant; je te veux
« Pénétrée, âme et corps, de l'arome des choses;
« Ta peau doit surpasser le muguet, et les roses
« Ne doivent pas sentir meilleur que tes cheveux.

« Vois le Christ : il dormit sur un lit d'aromates,
« Les trois jours de sa mort; en sorte que les chairs
« Devaient en renaissant purifier les airs.
« Sur les marques du fouet, âprement écarlates,

« Les femmes ayant mis d'actifs parfums, le corps,
« Au troisième matin, brisa la pierre étroite,
« Et l'Ombre s'éleva, sereine et toute droite,
« Loin des corruptions qui dissolvent les morts.

« On aima ce vainqueur des torpeurs sépulcrales
« Non pour sa croix lugubre et sa virginité;
« Mais sa religion conquit l'humanité
« Dans le voluptueux encens des cathédrales.

« La fleur des bois, la fleur des monts, la fleur des prés,
« Peintes par le soleil, fraîches miniatures,
« N'attacheraient jamais aux flancs des créatures
« Ces énervants besoins d'amours immodérés.

« Le grand Dieu naturel, sans les encens mystiques,
« Avec ces minces fleurs sous le clair firmament,
« A l'estime du cœur des sages seulement;
« Mais les dieux encensés font tous des fanatiques.

« L'encens dore les sons, fait chanter les couleurs;
« L'odeur est le soupir des choses, c'est leur âme,
« Et sur un brasier doux, mariée à la flamme,
« Elle triple l'élan des désirs enjôleurs.

« Chère, faisons fumer la myrrhe vénérée,
« Et tu me seras donc sublime comme un dieu!
« Je te contemplerai sans trêves, au milieu
« De la chaude vapeur qui t'a transfigurée.

« Tes seins à la blancheur d'hostie, au grain si fin,
« Donneront à mes sens des extases de diacres;
« Loin du fourmillement que sillonnent les fiacres,
« Ayant pour éventail l'aile d'un séraphin,

« Cependant que Paris mènera par la rue
« Ses carnavals brutaux, souillés de macadam,
« Moi je te chanterai les sacrés *Te Deam*
« Dans ma ferveur d'amour mystiquement accrue.

« Nous aurons les baisers enivrants à jamais;
« La palpitation de l'aile des narines
« Se joignant aux frissons des lèvres purpurines,
« C'est le baiser sans fin, le seul... »

Je blasphémais.

Et quand ainsi l'on parle, — exultant aux persiennes,
Le jeune Mois de Mai jette aux brûle-parfums
Le défi des vivants à la foi des défunts,
Et d'un sourire envoie au néant vos antiennes.

Il vit. Il fait courir l'air vigoureux des bois
Dans les temples voués au dieu blême qu'il hue.
Il le vanne. Il le mêle à l'auguste cohue
Des autres dieux menteurs sans odeur et sans voix.

Seule, ô Femme! immortelle au sein des draperies,
Sans nul besoin d'encens tu vis pour l'hosanna!
Car tu portes en toi l'*odor di femina*
Qui suffit pour jeter le monde en griseries.

IV

La Forme

Au sculpteur ROULLEAU.

LA foule ignore, croit revivre,
Et, trébuchant sur les tombeaux,
Veut des dieux : — « Qu'on les fonde en cuivre,
Mais qu'ils soient beaux ! »

Pour dompteurs elle veut des êtres
Virils, au poil tumultueux,
Et s'éprend des barbes d'ancêtres
Majestueux.

L'apparat d'une ample énergie
La captive; elle adore, en rond,
Ceux que leurs poses d'effigie
  Marquent au front.

Ainsi surgissent des beaux moules
Les dieux, les croyances, les droits;
La Forme est le tyran des foules
  Comme des rois.

Le tribun à large manière,
Sculptant un geste sans rival,
Empoigne un peuple à la crinière
  Comme un cheval.

Il le tient, le pousse et le mène,
Le fouaillant et le caressant,
Aux champs où luit la Paix humaine,
  Ou vers le sang.

Ailleurs, la blanche favorite
Dans sa couche affole un tyran;
Si le Peuple, courbé, s'irrite :
  « Chargez-le. Rran! »

O sculpteurs! quand votre génie
Pétrit la grande Humanité,
Dites quelle force infinie
  Est la Beauté.

La Beauté, mortelle ou féconde,
Brisant un frein, rivant un frein,
Revient dans la chanson du monde
Comme un refrain.

Sous les destructions énormes
Et dans l'éclosion des droits,
Elle est — et plie au joug des formes
Peuples et rois.

V

Mirabeau

A M. Eugène LEDRAIN.

LES énormes forêts, mères de nos aïeux,
Sous les ouragans lourds tordaient leurs flancs noueux,
Craquaient et moutonnaient du tronc aux branches folles;
Nos générations, au frisson des paroles,
Filles pleines de nerf, ont comme les remous
Des chocs qui flagellaient ce peuple d'arbres fous.
C'est ainsi, par instant, sur le vieux sol des Gaules,
Un grand moutonnement de têtes et d'épaules;

Tumultuairement, les générations,
Au coup de fouet des mots, vibrent de passions,
Puis s'apaisent; alors, les clameurs abattues,
Un mort vivant se dresse au milieu des statues,
Et la Gloire, empruntant du phosphore au tombeau,
Fait luire un nom : « Danton, Gambetta, Mirabeau. »
C'est lui..— Voici revivre une haute figure,
L'homme qui secoua nos ancêtres; l'augure
Plein de la vision d'un siècle en son tourment.

Tout à coup, il surgit de l'ombre, étonnamment,
Colossal, éleva sa voix libre qui vibre
Sous des lambris émus d'entendre une voix libre.
C'était un comte, — mais des barons dédaigné;
C'était un noble, — mais ayant bien forligné;
L'homme rectifia l'erreur de la fortune;
Il frappe le comptoir, il en sort la tribune,
Ayant pris cette enseigne humble dont s'éprendra
Le peuple : « Mirabeau, comte et marchand de drap. »

Alors il abaissa, d'un geste, la superbe
Des cours, et, plébéien par choix, armé du verbe,
Déchaina les clameurs qui grondaient sous les maux
Et broya la noblesse entre deux de ses mots.

Un souffle de justice enflait sa chevelure,
Et quand il redressait sa puissante encolure,
La face verrugueuse et le front ressuant,

Des Siècles prosternés il faisait du néant ;
Les vieux siècles, avec leurs vieilles bandelettes,
Tombaient, craquaient, rendaient de vains bruits de squelettes
Dans l'étreinte que ses larges bras avaient seuls ;
Le grand marchand de draps leur taillait des linceuls.

. . . .
. . . .
. . . .
. . . .

D'ironiques soupirs font du vent sur les pages
Et les tournent. — Hélas ! que le faiseur d'orages
Décroît ! Le tribun monte, il grandit, brûle en bloc
Et titres et couronne, et sceptre et dais et froc,
Bute, roule et descend son courant d'énergie
Des sommets d'un discours jusqu'au fond d'une orgie ;
Il fut un Samson ivre, à l'œil morne, aux bras las,
Livrant son front robuste aux mains des Dalilas ;
Et son enseigne, un peintre eût ainsi pu l'étendre :
« Marchandise et marchand, ici, tout est à vendre. »

Donc, s'il eut des vertus, ce fut en s'échauffant ;
Son civisme n'était qu'un effet de son sang.

L'histoire nous ment-elle ? Était-ce un bourreau juste,
Ce peuple qui, forçant la sépulture auguste,
Jeta Mirabeau hors du Panthéon français ?
L'homme n'avait été probe que par accès ;
Le peuple proclama sa gloire disparue ;

Il dispersa les os du traître par la rue
Et fit voler sa cendre aux quatre coins des cieux.

Ah! que l'ordre du monde, un jour capricieux,
Pour Mirabeau n'a-t-il alors rouvert la vie!
Un souffle sur la plèbe encor non assouvie,
En pleine explosion de ses emportements,
Un souffle créateur frôlant ces ossements,
Comme un luth éperdu dont on touche une corde!
Si Mirabeau, debout, dans l'éclair d'un exorde,
Sous son crâne blanchi rallumant son regard,
Eût disputé son ombre à ce peuple hagard;
A son geste viril vous eussiez vu la foule
Sous le discours grondant laisser tomber sa houle,
Aux pavés de la ville, aplatie, implorant
Le pardon, reporter le cadavre à son rang,
Et là, pour endormir les menaces qu'il brasse,
Bercer son grand cercueil en lui demandant grâce!

Mais non; le châtiment fut porté jusqu'au bout;
Le cadavre devait s'effondrer sous le coup,
Sans plaidoyer menteur, sans oraison plaintive;
Car l'homme avait vécu de cette alternative
De grandeur et de honte, et l'on continuait
Cette oscillation de l'être au corps muet.
Secouer sur la voie un illustre suaire
Et disperser les os si loin de l'ossuaire,
C'est ce que fit toujours le Mirabeau vivant,

Qui gagnait de la gloire et la jetait au vent.
Comme s'il eût aimé son pays pour la phrase,
Brusquement, il cassait les cordes de l'emphase;
Il enivrait le peuple à des mots embrasés,
Et lui-même échouait près des flacons brisés;
Sous l'orageux tribun revivait l'ancien comte
Qui, dans les nuits faisant un charme de sa honte,
Festoyait jusqu'à l'heure où baissent les flambeaux.
A cet homme on devait ce qu'il eut : deux tombeaux.

O Plaisir! créateur des longues aphonies,
Qui livres au cercueil les cervelles finies,
Vois sur ce lit de fleurs le sonore géant
Affirmer sa puissance à deux pas du néant!
Par l'ongle des douleurs en vain tu le tenailles,
Le canon triomphal sonne ses funérailles,
Il l'entend, voit sa gloire et montre, en son orgueil,
Un cerveau trop vivant pour porter aucun deuil.
Plaisir! bourreau masqué, vendeur de narcotiques,
Quand tu marques au front les hommes despotiques
Du fer brûlant de la débauche, ta pitié
Se trompe en les tuant seulement à moitié,
Car tu lâches sur nous, pleins d'âpre expérience
Sur nous, pâle troupeau, des forts sans conscience.

Mais sans doute il fallait, pour ravir les cerveaux
Jusques au tourbillon des appétits nouveaux,
Que le tribun n'eût point une allure d'abstème;

Dans la Cité, courant vers un rouge baptême,
Celui qui prit au col les préjugés blafards
Ne pouvait être un vain cueilleur de nénuphars.
Quand il laissait, bravant pudeurs et ternissure,
Sa bête errer, en proie aux chiens de la luxure,
Il savait que la vie au cœur jette un ferment.
La débauche en révolte, excitant âprement,
Épanouissant l'être avant qu'elle l'énerve,
Met des intensités aux vigueurs de la verve;
Et Mirabeau, tendant au joyeux gobelet,
Comme aux beaux seins sa lèvre où l'ouragan soufflait,
Emportait des ardeurs de ces nuits qu'on diffame,
Y prenait (car la foule est nerveuse, elle est femme),
Ces caresses de langue et ces brutalités
Qui livrent aux charmeurs l'essaim des cœurs domptés,
Et qui firent de lui l'homme ayant la poitrine
Pleine du cri fécond des foules en gésine!

Maintenant, te voilà dans l'azur de nos ciels,
O Mirabeau! parmi nos dieux officiels.
Les peuples ont le droit d'oublier; ton orgie
N'est plus qu'un songe, et tu renais en effigie,
Recevant les honneurs suprêmes qui sont dus
A ceux de tes discours que tu n'as pas vendus.
Sur le sol rajeuni par le fer des révoltes
Il pousse une statue; et c'est bien! tu récoltes!

Donc, en ta ville d'Aix, sous le soleil natal,

Portant superbement l'orgueil du piédestal,
Et cette ampleur mûrie où vibrait ta jeunesse,
Debout, pour que le cœur des fils te reconnaisse,
Et tout l'être éclatant dans un geste final,
Revis amnistié, grand Méridional!

VI

A la Déesse

VINGT-NEUF ans, — te voilà mûre
Pour un certain idéal ;
Ton almanach te murmure :
— « Aime encor... c'est Floréal ! »

Malgré le trentième terme
Que tu vas payer au Temps,
Tu tiens encore haut et ferme
Le drapeau des seins tentants.
Le jeune dieu Robespierre,
Qui vécut une saison,
T'eût fait sculpter dans la pierre
Comme déesse Raison.

Cependant, les ingénues
En vain mettraient à l'index
Tes belles formes charnues,
Moins dures que le silex.
Tu n'es plus comme un beau marbre,
Cassant de rigidité,
Mais comme le fruit qu'à l'arbre
Plus d'un a déjà tâté;
Et tes splendeurs copieuses
Font rire l'œil du gourmand.
Chère! que vos mains pieuses
Se joignent loin d'un amant,
Rêvez jeûnes et cilice,
Malgré vous, vos seins charmeurs,
Rien qu'en levant la pelisse,
Sont désolants pour les mœurs,
Mais consolent la Nature,
Puisqu'en dépit des corsets
Ils confondent l'imposture
Qui les tient cadenassés.

Donc, allez! — La mer du monde
Vous appelle, allez, allez!
La robe aux satins gonflés,
Ainsi qu'une voile ronde,
Douce au milieu des dangers,
Bercez par larges secousses,
Bercez capitaine et mousses,

Et marins et passagers.
— Plus d'un, de l'embarcadère
Vous criera, la chaine au pié :
« Qu'on me laisse, par pitié !
« Ramer sur cette galère ! »

Au roulis délicieux
Les flots baisseront leur crête,
O nef divine, qu'on frète
Pour l'azur ivre des cieux !

VII

Hygia

OR, le ciel a parfois des teintes désolées ;
Si bien qu'il faut vers lui pousser en envolées
Grises, brunes, d'azur, la vapeur du tabac ;
Or, quand vient à sonner l'heure de l'estomac :
Et bons vins qu'on débouche, et pâtés qu'on trépane,
Et chers moutons que la poésie enrubanne,
Et fruits bien mûrs, oiseaux aux corsets délicats,
Et homards cardinaux dont les carmes font cas,
Tout ce que la Nature, exploitée et servile,
Du sein des flots, des champs jette aux crocs de la ville,
Se livre au jugement de l'homme souverain.
Or, quand il a jugé, dans un oubli serein
Des dieux et des sermons fallacieux, son être
Aux pâtures d'amour demande à se repaître.

— Apportez le cigare au reflet blond et sec,
Les réchauds odorants, la tasse blanche, avec
Quelque femme plastique, où l'esprit se repose
Des fièvres du calcul et des heurts de la prose.

Le cigare est fumé, bu le café, mangés
Les viandes et les fruits, et nos sens soulagés
S'élèvent vers ce charme arrondi qui découpe
Sur ta poitrine, ô Femme! un chef-d'œuvre de coupe.
On y boirait! Il est exquis de s'y griser
A la chaleur suave et forte du baiser.

Mais gardons d'y puiser la rancœur assassine;
N'allons pas croire, au moins, que son âme est divine :
Toute paix s'éteindrait dans l'inquiet désir
D'un je ne sais pas quoi qu'on ne peut pas saisir.
Alors, les nerfs crispés aux liqueurs orageuses
Demanderaient l'oubli des minutes rageuses,
Tandis que les vapeurs trop lourdes du tabac
Voileraient aux cadrans l'heure de l'estomac.

VIII

Dernier Sermon

Un saint, ayant l'oreille étrangement percée,
Entendit — et ses poils se levèrent d'effroi —
Une voix bien connue, antique et cadencée...
Et le sermon dernier roula dans le beffroi :

— « Je suis Dieu. Je suis las. Mes Choses sont en marche ;
« Et, tel qu'un vieux flâneur au parapet d'un pont,
« Étendu sur mes cieux arrondis comme une arche,
« J'ouïs le flot qui gronde et l'écho qui répond.

« Il tournoie, il tournoie, il tournoie, escalade
« Les berges ; son écume est jaunissante et bout.
« Votre siècle frissonne, et sous un vent malade
« Tremble des reins, fléchit des pieds, craque partout.

« C'est la fin. Autrefois, contre vent et bruine,
« Je poussais quelque peuple énorme, éclos au Nord;
« Jusqu'aux ongles j'armais ses bras pour la ruine;
« Je lui criais : « Allons! marche, accomplis le sort!

« Mets Rome en feu! Détruis les Choses avancées!
« Va, Barbare! J'infuse au cœur de ta maison
« Le plus épais mépris pour tous les caducées;
« La Mort, qui boit du sang, sera ton échanson.

« Va! » — Les hordes allaient, férocement néfastes;
« Alors, tours et cités, sous l'épouvantement,
« Flamboyantes, croulaient sur les nations vastes,
« Qui s'anéantissaient dans un chaos fumant.

« Aujourd'hui, fatigué de créer la tourmente,
« Je suis vieux. Qui vaut donc maintenant un effort?
« Et simplement je crie à ce Monde : — Fermente!
« Les levains de ta chair suffiront à ta mort.

« Je n'ai qu'à te priver de moi, tu n'as qu'à vivre,
« Pour aller, pour courir, droit au bout du destin.
« Vis en paix. Je n'ai point caché de Vandale ivre
« Derrière le battant des portes du festin.

« Je n'éveillerai point, de ma dextre féconde,
« Quelque héros terrible et soumis, Hun obscur,
« Pour lui crier, l'index tendu vers toi, vieux monde :
« — Va me cueillir ce fruit, que je juge assez mûr.

« — Ta peur est orgueilleuse, infime race humaine!
« Monde, tu ne vaux point qu'un geste de mon bras
« Dans la vapeur des airs tonitruants t'emmène!
« Non. Tu ne seras pas cueilli : tu pourriras!

« Non.... »

        Dans un tourbillon tumultueux qui monte,
La Voix tomba, noyée en mille remuements;
L'Humanité fouaillait une jument de fonte
Qui passait fumoyante avec des hurlements.

Alors, le Saint vit Dieu rouler l'outre aux orages,
Y chercher les zigzags ébréchés des éclairs...
L'Homme prit l'étincelle, et, fécondant ces rages,
En fit les messagers du cerveau par les airs.

Et, marin de l'azur, en des sphères de toiles,
Voici l'Homme s'ouvrant aux cieux un libre accès.
De Dieu, plus! L'Homme a mis des bandes aux étoiles
Avec ces mots : « Fermé pour cause de décès. »

IX

Libations

A Remy RICHARD.

Ou va l'homme ? Je ne sais.
A travers les pots cassés
     Il s'achemine ;
Des gosiers toujours ouverts
Chantent à tort, à travers :
     Soif et famine !

Jésus a dit : *Sitio.*
Rabelais : « Humez le piot. »

Et c'est en vain qu'on écrit
Que le cri de Jésus-Christ

N’est qu’un symbole;
En vain Rabelais dit-il :
« J’ai doublé d’un sens subtil
    « Ma faribole. »

    Jésus a dit : *Sitio*.
    Rabelais : « Humez le piot. »

Les bourgeois rabelaisiens
N’emplissent pas pour des chiens
        Leur tonne ronde;
Et la bande à Barabbas
Cherche dans le mêlé-cass
        L’oubli du monde.

    Jésus a dit : *Sitio*.
    Rabelais : « Humez le piot. »

Est-ce bien d’éternité
Qu’a soif notre humanité
        Endolorie?
Non! car, du sein des banquets
Jusqu’à ses derniers hoquets,
        La bête crie.

    Jésus a dit : *Sitio*.
    Rabelais : « Humez le piot. »

X

L'Escalier

Subtil chercheur de Paradis,
Tu crois en un Dieu qui secoue
La terre, et des astres se joue!
Renonce aux mensonges prédits.

Écarte ce vain délayage
D'azur qui masquait le chemin,
Mets dans la paume de ta main
Un autre bâton de voyage.

Descends les pentes hardiment...
Plus bas, homme! plus bas! te dis-je.
— J'ai froid!... Pitié! mon cœur se fige.
— Descends toujours, ton cœur te ment.

Marche, en riant de l'imposture
Du chœur facétieux des dieux;
Tu retrouveras tes aïeux
Très bas, au fond de la nature.

De quelque heureuse illusion,
Mon frère, que tu te repaisses,
Descends l'échelle des espèces,
Loin du Calvaire et de Sion.

— Je vois des mamelles fécondes
Qui ne m'ont jamais allaité;
Je regrette l'éternité
Et Dieu, mon père, roi des mondes.

— Plus bas! — Je vois des animaux
Vêtus de plumages étranges,
Moi, que berça l'aile des Anges!...
— Quitte les airs et les rameaux.

Plus bas! — Où traînes-tu ma honte?
Je suis au bout et ne puis pas
Aller plus bas! — Toujours plus bas!
... C'est bien... et maintenant, remonte.

Remonte, et dis-toi que les mers,
Avec le sel qui les pénètre,
Font que le berceau de notre être
Vogue en des flots de pleurs amers.

Hors de l'écume initiale
Lance-toi, gravis l'escalier
Des Êtres, ô vieil écolier !
Combien de vertu sociale

N'a pas la petite fourmi !
Et le renard, quel diplomate !
Que de tendresse s'acclimate
Dans l'âme du chien, ton ami !

Prends au chat ses candeurs fictives,
Au fier coq sa virilité,
Au pigeon sa fidélité
A des épouses relatives.

Jusqu'à notre aïeul aux longs bras
Remonte, jusqu'au poil du singe
Qui précéda ton premier linge.
Observe bien : tu te diras

Qu'en l'obscur cerveau de la bête
Vit en germe, confusément,
La force dont le déploiement
Fait la majesté de ta tête.

A chaque relais merveilleux,
L'Être humain, voyageur antique,
A reçu comme un viatique
Un legs de ses humbles aïeux.

Et dans l'essor de la Matière
Nul ne t'égale, animal-roi,
Qui portes, perfectible, en toi,
L'animalité tout entière.

Maintenant, bâtis le décor
En marbre des temples sonores,
Crois, si tu veux, que tu t'honores
En chantant des *Excelsior*;

Drape en la pourpre des féeries
L'emblème de tes passions;
Mets tes hallucinations
Sous un dais fait de broderies;

Attache à l'encensoir en feu
Le nuage où tu t'évapores...
Mais sois bien sûr que tu t'adores
Toi-même sous les traits de Dieu.

II

Les Victimes

LES VICTIMES

XI

Chacun les siennes!

QUE j'aille puiser l'ombre aux tombeaux de nos pères!
Remuer leurs malheurs dans le néant poudreux!
Non! — Voilons du linceul ces profils vigoureux
Que sculptaient en maigreur les luttes improspères.

Comme les noirs oiseaux qui s'en vont deux à deux,
Pourquoi faire voler dans l'horizon des strophes,
Surgissant de l'éclair des hautes catastrophes,
La Mort antique avec ses sigisbés hideux?

Nos douleurs valent bien les tortures anciennes.
Or, les siècles roulant clament : « Chacun les siennes! »
Et passent. — S'il fallait mouiller de pleurs amers

Tout ce que la Misère humaine a fait de cendre,
Il resterait au jour dernier de l'Univers
Un trop lourd arriéré de larmes à répandre.

XII

L'Enfance abandonnée

Sous le porche où le vent s'engouffre
Grelotte, à travers ses haillons,
Le petit qui vend des crayons
Et des allumettes sans soufre.
— « Mes bons messieurs, en voulez-vous? »
Mais les messieurs n'ont pas de sous.

Les beaux messieurs, larges ou pingres,
Embaumés dans leur pardessus,
Passent, gonflés d'espoirs cossus
Où n'entrent pas les gens malingres.
Et le petit s'étend, gavé
De souffrances, sur le pavé.

Puis, tout pâle d'effroi — la cire
Est moins blanche — il tressaille ; il doit
Faire danser au bout du doigt
Le pantin qui fera bien rire
Les autres enfants près du feu...
Son père, à lui, boit du vin bleu.

A la plus prochaine guinguette
Il boit, — mais tout en surveillant.
L'enfant ne reçoit sou vaillant
Que l'ivrogne n'agrippe : il guette !
Et ce qu'il s'adjuge ce sol !
C'est pour s'assassiner d'alcool.

Le vent d'hiver, le vent charrie
Des forêts... et c'est un fétu
Le pauvret à peine vêtu !
Déjà l'orgue de Barbarie
Semble offrir au petit martyr
Un air funèbre pour partir.

Allons, vieille mère, ô Patrie !
Empoigne-moi la brute au col ;
Et, douce, relève du sol
Cette victime endolorie ;
Prends l'abandonné qui pâtit,
Et rends du sang à ce petit.

Qu'il ait une jeunesse armée,
Que, fortifié dans sa chair,
Il boive allègrement ton air;
Et, s'il défend ta terre aimée,
Qu'il sente que vraiment sa peau
Est un morceau de ton drapeau!

XIII

Dialogue

ELLE

Pendant que nos amours fondent comme un bonbon,
Satan rêve : « J'ai là : poix, bitume et charbon. »
Il règle leur emploi; voyez ce qu'il en tire :
Il réserve la poix pour le prochain martyre,
Dresse un grand lit de braise en son rouge dortoir;
Puis, séchant le bitume, il en fait le trottoir.
C'est là que nous traînons des nuits empoisonnées,
Ayant au fond du cœur des douleurs de damnées.

LUI

Ton Satan n'est qu'un fils des mensonges obscurs;
Je connais des douleurs et des enfers plus sûrs

Dont les prêtres jamais n'ont levé les couvercles :
Dante en fit un fameux qu'il divisa par cercles,
Magnifique d'horreur humaine, et séculier.
Mais qui n'a point connu d'enfer particulier :
Et fièvres qu'un retard au rendez-vous suscite,
Et désirs de don Juan dans un corps de Thersite,
Et noires trahisons par un baiser très cher,
Tous les soufflets donnés à l'amour par la chair !

ELLE

Moi, je songe à ceci : quand l'homme nous achète,
Son mépris pèse plus que son or qu'il nous jette;
Et si l'on écrivait au livre d'un enfer
Ce que nous leur donnons, ce qu'ils nous ont offert,
Dressant leur compte avec notre compte à nous autres,
Je sais bien qui devrait, des leurs ou bien des nôtres.
Ils disent : « Viens, » — et nous voici... Que veulent-ils ?
Du plaisir ? en voilà. Sous nos baisers subtils
Jusqu'au fond de leurs os ils tressaillent; dompteuses
De nos sens révoltés par leurs poses honteuses,
Nous nous apprivoisons pour leurs lâches bonheurs;
Nous nous assassinons avec leurs déshonneurs.
Pour eux, nos seins, nos yeux, nos ardeurs ! — En échange,
Lorsqu'ils ont bien pressé nos corps comme une orange,
Ils nous laissent, par un dernier marché fatal,
Changer nos lits d'amour pour des lits d'hôpital.
Fi de ces nuits par nos caresses couronnées !

Des heures où l'on s'est si longuement données !
Ils nous jettent en proie à tous les abandons...
Nous payons plus cher qu'eux ce que nous leur vendons.

LUI

Autre tableau : je vous aperçois, en noir, pleine
D'édification, et de la Madeleine
Descendant les degrés, l'eucologe à la main,
Componctueusement, le front mouillé, le sein
Confortable, et trompant,—vous l'ancienne faunesse,—
Le Ciel avec des airs de dame patronnesse.

XIV

Feux Follets

Fuyez-la — si vous avez peur
Des feux qui dansent sur les fosses;
Car elle a de leurs lueurs fausses
Au fond de son regard trompeur.

Hélas! ces flammes fugitives,
Qui scintillent perfidement,
Sont un reflet du faux serment
Et des cent promesses fictives
Que murmura sur l'oreiller
Le premier qui la fit veiller.

Or les tombeaux n'ont point de portes
Assez sûres pour tout céler,
Et dans ses yeux on voit voler
Les feux follets des amours mortes.

XV

Molière

A Alf. Prunaire.

SONNET

Le rire de Molière, aigu comme une lame,
Fait s'écrier : « Combien cet homme a dû souffrir ! »
Comme son Misanthrope on veut fuir, — ou mourir,
Tant l'âpre comédie est voisine du drame.

Pour expérimenter ce qu'il sait nous offrir
En des tableaux si vrais qu'on croirait qu'il diffame,
Molière a dû se faire une blessure à l'âme
En tombant d'un amour, et n'a pas pu guérir.

Son amertume rit; mais chez lui le sourire
Mieux qu'un cri chez un autre indique le martyre.
Avec ce que la France a de sens le plus clair

Il peint l'homme; il décrit les mœurs de cette espèce;
Il le prend vice à vice, arrache piéce à piéce,
Et, décolant le masque, il emporte la chair.

XVI

Lois de Nature

J e plains l'Homme : — je plains aussi le sort des oies
Que l'Homme fait mourir d'hypertrophie aux foies
En les clouant au sol très douloureusement.
Je plains les pauvres chairs qu'on écorche vivantes
Pour offrir en régal aux papilles savantes
Le suc particulier que leur donne un tourment.

Homme, ne souris point de mes sensibleries ;
Daigne observer plutôt ces subtiles tueries
Produisant des saveurs différentes, suivant
Qu'on a laissé languir ou tué tout de suite :
Loi qui fait correspondre au goût de la chair cuite
Les degrés de douleur de l'animal vivant.

Mais, Frère, ne crois pas que cette loi des choses
Soit uniquement propre à consteller de roses
Ta joue hilare au sein des fastueux banquets;
Elle accommode tout, prend partout ses victimes,
Depuis les premiers cris jusqu'aux soupirs ultimes,
Et transforme en plaisirs pour d'autres tes hoquets.

La femme a-t-elle point la féroce allégresse
De boire tes soupçons pour doubler son ivresse?
Quand, la lèvre tremblante au froid de la pâleur,
Tu viens, les nerfs tordus d'angoisses et de rage,
Elle rit, en goûtant comme des fleurs d'hommage,
Tes baisers relevés de fougue et de douleur.

Le fauve prend, comme elle, un supplément de joie
Dans les convulsions de l'animal qu'il broie.
Un spasme indéfini fait vibrer l'Univers.
Par des variétés de mort expiatoire
Les Nérons ont rendu pittoresque l'histoire
En couchant les martyrs dans des trépas divers.

Oui, tout l'être est pétri des souffrances des autres!
Nous écoutons frémir dans la voix des apôtres
La gamme des tourments, de la roue à la croix:
C'est ce qui fait leur charme un peu mélancolique.
Depuis l'humble animal jusqu'au dieu catholique,
— Et nous aussi, — tout souffre et jouit par ces lois.

XVII

Robe à traine

L'ILLUSTRE couturier, à l'humeur souveraine,
N'envoya pas à temps l'exquise robe à traine,
De son pli réginal balayant le parquet...
Une soirée encor que Madame manquait !

Madame s'endêvait, Madame était navrée.
Par quel jeu de haut ton remplacer la soirée ?
Il faisait un froid mou qui donnait un spleen noir.
Pour apaiser ses nerfs en rage, elle irait voir
Ses pauvres : « Oui, le vieux qui pour seule famille
« Et tout soutien n'a plus que sa petite-fille. »

Lorsque Madame entra, des brumes d'un gros bleu
Par des carreaux brisés s'épandaient. Point de feu.
Et sur son lit, le vieux, blanc comme une statue.
Auprès, pour le couvrir, l'enfant s'est dévêtue;
De sa robe — trop courte — elle tire le bord,
Afin de réchauffer aussi les pieds du mort.

L'illustre couturier, à l'humeur souveraine,
N'envoya pas à temps l'exquise robe à traîne...

XVIII

Le Carrier

Un carrier sur le dos : le râle emplit la chambre,
Tremble, ronfle, bouillonne en la gorge, à l'étroit ;
La Mort glace la peau de l'homme, membre à membre ;
Le tour du nez jaunit, s'affaisse et devient froid.

C'était un vigoureux athlète, dans sa prime
Jeunesse ! Mais, toujours baisser et relever
Les bras, frapper les rocs ! Voilà vingt ans qu'il trime,
Menant contre le grés une lutte à crever.

Muscles contre grés ! — Donc, en l'enfer des carrières,
La sueur à la gorge, au feu de l'action,
Il sentait le brouillard trucidant des poussières
Lentement énerver sa respiration.

Sans doute, il but. — Faut-il un bras lâche ou robuste
Pour entamer le roc? — Faut-il un bras? — Il faut,
Comme disait un vieux sculpteur, « soigner son buste »,
Se tenir le gosier humide et le cœur chaud.

C'est un métier! Son fils aîné, carrier en germe,
Sera carrier. Pour l'être, il est assez râblé.
L'aïeul fut un carrier qui menait droit et ferme
Son restant de poumons troués par l'air sablé.

C'est un métier! Et très peinant! On use l'heure
A tailler des pavés qui vous tirent le sang.
Serait-ce pour cela qu'un autre sang y pleure,
Quand pour la barricade on les voit se dressant?

Dans la succession des misères humaines,
Ceux qu'une eau corrosive a trop souvent lavés
Rêvent parfois, épris des sanglantes semaines,
La revanche des soifs sur des tas de pavés.

Mais, dans son lit, prêt à la mort, le carrier, veule,
Dit : Le coup des pavés est fini; trop âgé!
Tant de jeunes moyens de se casser la gueule!
Ce n'est point par le grès que lui sera vengé.

Mourir par le pavé, mais penser qu'il vous venge,
Adoucit âprement un travailleur souffrant.
L'homme est l'homme : il n'est pas de la pâte d'un ange,
Et, certe, il a souffert pour de bon, ce mourant!

Depuis cinq ans, lorsqu'il crachait, un filet mince
De sang se détachait; mais — s'en effrayait-il?
Au hasard il crachait sa vie. — On n'est pas prince
Pour étudier ça dans un mouchoir en fil.

Et la maigreur en vain le desséchait; l'aurore
Le voyait au travail. La mort, il la huait!
L'avertissement rouge, il s'en moquait encore,
Toujours un peu, toujours un peu plus, se tuait.

Maintenant, c'est fini. — Femme, la couche est moite
Où git le mort... Tu sais, la plume coûte gros,
Et le défunt, qu'ils vont visser dedans la boite,
Femme, n'a plus besoin de réchauffer ses os.

Femme, mets un vieux drap pour chemise dernière
A ton mari, qui va dormir sous le gazon,
Car il n'a pas besoin d'emporter dans sa bière
Le linge des vivants, utile à la maison.

Sèche tes pleurs; voici le cercueil. Prends ta cape
Noire. — *Requiescat in pace.* — C'est fini!
Et toi, fils du carrier, frappe sur le grès, frappe,
Carrier toi-même, au front durcissant et bruni!

XIX

Les Lutteurs

A Georges ROBERT.

DANS la vapeur des quinquets
  Qui fument, qui fument,
Les lutteurs sont peu coquets,
Avec leur voix de roquets,
Que d'âpres trois-six enrhument.

Mais, c'est égal, ils sont beaux,
  Ingambes, ingambes!
Et leurs bras sont les tombeaux
De leurs rivaux, des nabots
Qui ne tiennent pas sur jambes.

Place au primitif vainqueur !
    La bête, la bête,
Sous le maillot sans lueur
Souffle et palpite en sueur,
Et vit des pieds à la tête.

Nul ventre, mais des bras, mais
    Des cuisses, des cuisses !
D'aucuns vivront à jamais :
Les peintres, je vous promets,
En laisseront des esquisses.

C'est ainsi qu'ils vont, couverts
    De gloire, de gloire,
Défiant bons et pervers,
Civils, soldats, à travers
Les miracles de la foire.

Et puis ils sont fiers ; ils ont
    Des femmes, des femmes.
Leurs effets de torse font
Monter des rougeurs au front
Des fillettes — et des dames.

Le lutteur, qui vit en fou,
    Meurt jeune, meurt jeune,
Étranglé par son licou,
Après une existence où
La bombance rit au jeûne.

Mais il se moque du sort,
   L'hercule, l'hercule!
La voiture de la mort,
Qui vous berce quand on dort,
Il connaît ce véhicule!

Est-ce qu'il n'a point roulé
   Sans cesse, sans cesse,
Dans un réduit attelé
D'un vieux cheval essoufflé,
Son compagnon de détresse?

Quand il avait fini sa
   Journée, journée,
Il dormait couci-couça
Dans l'omnibus qui berça
Les athlètes par fournée.

Ah! quand il s'en ira sous
   Les saules, les saules,
(Fin du spectacle à cinq sous!)
Plus crânement que nous tous
Il touchera les épaules.

XX

L'Incendie

Sous une large lune, aux pâleurs désolantes,
  Qu'un rideau de vapeurs montantes va voiler,
L'âpre incendie éclate en couleurs violentes :
On voit dans l'air épais des flammèches voler,
Semblables aux flocons des laines que l'on carde,
Et d'une nappe d'or qui flotte étonnamment.
Un essaim de jets clairs surgit, monte et poignarde
La nuit épouvantée au sein du firmament.
Le feu vindicatif teint ces hautes arcades
D'un gros rouge, comme un dôme artificiel ;
On dirait que les noirs lutteurs des barricades
Suspendent en mourant leur drapeau dans le ciel.

C'est la fin : les soldats ont violé l'enceinte ;
Comme les dents qu'on brise aux fauves, chaque fort
A cédé. Mais on meurt. Car la Commune, étreinte,
Avec un surprenant bûcher pour lit de mort,
Veut s'en aller, tragique, en son apothéose.
C'était épouvantable et c'était grandiose !

Cependant qu'elle tombe en un suaire en feu,
Combien d'humbles, combien d'enfants, de gens de peu,
Parmi de longs fracas et la braise des lattes
Croulant des toits, combien périrent de vieillards
Qui ne demandaient point ces linceuls écarlates,
Mais une mort sans bruit, par un jour de brouillards !

Canonnades, clameurs sinistres, enjambées
Du feu géant tordant sur Paris ses flambées !
Oh ! dans la nuit, tableau lugubrement mouvant,
Brossé par le hasard à larges coups de vent !
Paris brûle ! En plein ciel flambe l'Hôtel de Ville,
Que lèche l'incendie ainsi qu'un carnassier ;
Les discours du balcon dans les luttes civiles
Ont-ils laissé leur souffle au germe du brasier ?
Là, le feu justicier des royales tueries
Balançait son écharpe au front des Tuileries.
Là les Comptes menteurs, les Comptes s'apuraient.
Un store éblouissant masquait chaque fenêtre ;
Sous la blancheur des ponts où le reflet pénètre,
Les flots de flamme aux flots du fleuve se miraient.

— Pitié! voyez là-bas une vapeur plus dense,
Pitié! ne brûlez pas le Grenier d'abondance!
— « Puisqu'il mourra, Paris n'a plus besoin de pain...
« Nous offrons au néant nos parts du lendemain...
« La fumée enflera les prochaines ondées,
« Et les peuples verront leurs moissons fécondées.
« Pour nous, le monde est lâche et plat : sortons d'ici!
« Entrons, couleurs au vent, dans la fauve géhenne.
« Nous n'étalerons plus nos misères, ainsi
« Que ces hiboux qu'on cloue à l'huis des granges pleines;
« Nous ne resterons pas les martyrs prisonniers,
« Enchaînés par le pain du jour! Flambez, greniers! »

O Paysan! qui fais ton labeur, et qui mènes,
Pas à pas, tes deux bœufs en creusant le sillon,
Si le vent dans ton ciel pousse le tourbillon
Des grains brûlés, et si de ces énergumènes
Le cri te vient, grossi par la voix du beffroi,
Ne songe pas : combien les socs, combien les herses
Ont travaillé; combien ton dos sua d'averses
Pour ce pain qu'on détruit! Tiens-toi muet; tais-toi.

Tu ne sais point la loi qui fait la destinée :
Des fils mystérieux, tenus par les hasards
Des temps, vont conduisant la vie abandonnée.
O trop vieux fournisseur des rois et des césars,
Qui suis, le front baissé, la marche des charrues,
Ne maudis point les morts qui saignent dans nos rues!

Mais songe, quand le soc, d'un coup de ses tranchants,
Met au jour ces débris rouillés, hache limée
Par l'eau, tronçons d'épée enfouis dans tes champs,
Songe au nombre des corps dont la terre est fumée.
Chaque dernier soupir sert aux fins des combats ;
Un rien transforme tout sur l'échiquier des âges ;
Et ces armes ont lui dans le jeu des carnages
Pour conquérir des mots que tu ne comprends pas.
Tais-toi. — Sans eux, flétri par la pesante offense
Du joug, tombant de faim auprès de la moisson,
Tu t'éterniserais dans une vieille enfance,
En labourant, courbé, le sol de ta prison.

Le monde va, lié par des chaînes obscures,
Et les peuples, foulant aux pieds les grands remords,
Font servir aux splendeurs des libertés futures
La cendre des brasiers comme le sang des morts.

III

Gaietés & Ironies

GAIETÉS & IRONIES

XXI

L'Enseigne

.

A Auguste P ICARD.

E N plein Paris, deux vieilles Portes
Debout, Saint-Denis, Saint-Martin,
Semblent causer de choses mortes
Dans le vain brouillard du matin.

Ah! l'histoire! quelle portière
Aux vieux drames criant : bravo!
Je lis sur ces faîtes de pierre :
    Ludovico Magno!

Jadis, par ces Portes-Trophées
Tu passas, ô fier Souverain!
Le chœur des strophes échauffées
Chantait dans les roseaux du Rhin.
Tes larges Victoires ailées,
Qu'autrefois burina Clio,
Où donc s'en sont-elles allées,
    Ludovico Magno?

Magistrat et fille soumise,
Banquier, journaliste, tailleur,
En habit, en bras de chemise,
Paris navré, Paris railleur,
Passent fouettés par des rafales;
Le cocher crie : « Eh là! coco! »
Sous tes arcades triomphales,
    Ludovico Magno!

Or, tous ces gens ont à la bouche
Ton nom, qui domine les cris,
O louis d'or, rêve farouche!
Écho des tyrans! O Paris,

Tu n'es qu'une auberge cynique
Où, sur les Portes, Méphisto
Grava cette enseigne ironique :
    Ludovico Magno!

XXII

Vain Concert

CHÉRIE, apporte les fioles
Aux aromes entraineurs;
Les pieds des entrepreneurs
Dérangent mes auréoles.
Chérie, apporte les fioles
Aux aromes entraineurs.

Ils ont piétiné mon rêve
Dans leur labeur trivial;
Le bâtiment va sans trêve.
Tu vois, ô mon Idéal,
Qu'ils ont piétiné mon rêve
Dans leur labeur trivial.

Mais ma voix s'exalte et crie
(Vain concert pour les flâneurs):
— « Où donc êtes-vous, chérie? »
— « Aux pieds des entrepreneurs. »
Et ma voix s'exalte et crie,
Vain concert pour les flâneurs.

XXIII

Chartreux et Chartreuse

Au milieu, l'alambic distille la chartreuse.
A côté, le chartreux songe à la bienheureuse
Éternité, palais radieux de blancheur
Où l'âme épanouie exhale sa fraîcheur,
Toute humectée encor des larmes de l'absoute...

La chartreuse se fait, cependant, goutte à goutte.

L'esprit du moine est au neuvième paradis ;
L'esprit de sa liqueur des tubes refroidis
Passera dans la tonne où l'alcool enveloppe
Odeur de l'angélique, arome de l'hysope,

Et marie à jamais la cannelle au macis.
La chartreuse est. Le Temps, aux parfums adoucis,
La pare d'un bouquet pendant qu'elle sommeille.
Elle est expédiée, ineffable, vermeille,
Sous la garde d'un sceau qui vaut des parchemins.
Des garçons de café la versent aux humains,
Et le cerveau s'emplit des intenses bagarres
Où l'on sent se heurter, dans l'odeur des cigares,
Les rêves militants et caressants du cœur,
Et, longuement, on hume, ô subtile liqueur !
Dans des verres, toujours trop petits, ton arome !

Le moine, en attendant, songe au divin royaume,
Poursuit sa litanie : « *O Rosa mystica,*
« *Turris eburnea, turris davidica !* »
Il prie en sa ferveur Marie Immaculée,
Qui, dans les pans d'azur de sa robe étoilée,
Étouffa le Démon sous la forme d'aspic...
Néanmoins, l'œil mi-clos, il veille à l'alambic.

— « Vierge, murmure-t-il, dans ta bonté féconde,
« Vierge, préserve-moi des orages du monde
« Qui finira, par quels naufrages éclatants !
« O consommation des temps, je vous attends !
« La lune se décroche, avec bruit, du ciel, traine
« Sur la vigne qui sèche et le blé qui s'égrène
« Sa corne de métal, peinte en sanglant carmin ;
« Et le Dieu bon, prenant le globe avec la main,

« Septante fois sept fois dans des lacs de bitume
« Le plonge; alors, la peau des pécheurs fume, fume !
« On voit flamber leur front de résines imbu.
« Certe! ils regretteront très fort d'avoir trop bu,
« D'avoir nié le Verbe, et vécu dans un antre
« De pestilence, et fait leur seul dieu de leur ventre
« En se livrant sans cesse aux coupables amours... »

Et l'alambic est là, qui distille toujours.

O siècle estomirant! Merveilleux amalgame!
Pendant qu'il prie ainsi, le bon moine (autre gamme),
La chartreuse, allumant l'esprit, tendant les nerfs,
Grise les mécréants ravis de ses tons verts ;
Au gaz des bars, où les démons bleus papillonnent,
Les cœurs trop chauds, battant, oscillent, tourbillonnent;
La chartreuse les pousse et les fait trébucher
Dans des occasions énormes de pécher.

Et tandis qu'au produit des moines les petites
Mouillent leur langue avec des airs de chattemites,
Le Diable, qui revient d'un rôle au Châtelet,
Bénit le saint chartreux et le trouve complet.

XXIV

La Foi

A Grandpierre, Architecte.

La Foi portait une auréole
Et trônait au milieu des Vœux ;
Les Anges, successeurs d'Éole,
Soufflaient dans ses flottants cheveux ;
Elle chantait ses pastorales
Sous le chaume et dans les manoirs :
On bâtissait des cathédrales
Quand on n'avait pas d'urinoirs.

Nos aïeux, courbés dans la boue,
Portaient des pierres jusqu'aux cieux ;
Effilaient le clocher qui troue
Les fonds d'azur fallacieux ;
Montant, montant par les spirales
De gigantesques promenoirs,
Ils planaient sur les cathédrales
Loin du siècle des urinoirs.

Nos aïeux, fouettés par les pestes,
Mouraient verdis ; la bouche en l'air,
Ils voyaient des aubes célestes
Leur rire dans un lointain clair ;
Mais des haleines sépulcrales
Montaient, montaient des ruisseaux noirs :
Ils dentelaient des cathédrales,
Mais ils n'avaient pas d'urinoirs.

La Foi régnait donc, souveraine,
Réglant tout, Mort et Carnaval,
Quand un bon géant de Touraine
Entra dans Paris, à cheval :
— « Ces gens ont besoin d'eau lustrale ! »
Et Gargantua leur fit voir,
En montant sur la cathédrale,
Ce que c'était qu'un urinoir.

Se gaussant de leur mysticisme,
Il dota leur crédulité
D'un baptême de scepticisme
Et les compissa de gaîté.
Là, de ces hauteurs sidérales,
Il éteignit les encensoirs;
Et tout autour des cathédrales
On vit fleurir les urinoirs.

Depuis, la grand'Ville assainie,
Chaque siècle ajoutant un peu,
Gonfla sa veine rajeunie
D'un plus large courant d'air bleu.
De ses caresses libérales
Le Soleil chauffa les trottoirs...
On ne fait plus de cathédrales.
On dentelle les urinoirs.

XXV

Le Dieu qui part

NE buvons plus : les vins sont des menteurs insignes,
D'un goût inquiétant, d'un coloris mortel.
Jésus disait : « Mon sang est dans le suc des vignes. »
Et Jésus ne peut plus ruisseler sur l'autel.

Le ciboire est navré, l'abbé tire la langue,
Et le Dieu s'empoisonne aux breuvages élus ;
Un officiant blême avale un corps exsangue,
Lèche en vain la blessure : elle ne saigne plus.

Et pullulant, ainsi que les Juifs déicides,
Le noir phylloxera chasse Dieu de nos cœurs.
La foi s'éteint. Le vin s'en va. D'âpres acides
Pleuvent. Les crânes sont des boîtes à rancueurs.

Non, non, ce ne sont point les édits consulaires
Qui te font un exil, ô Verbe essentiel!
Si nos bras suppliants et perpendiculaires
Ne lèvent plus leurs mains vers le ci-devant ciel,

O Dieu! c'est qu'en tuant les vignes, tu te tues!
Eh! vit-on seulement de pain, mon doux Jésus!
C'est aussi par le vin que tu te perpétues,
Comme tu le disais si bien chez Emmaüs.

Or, les buveurs, frappant du poing au cul des pièces
Vides, s'en vont clamant : « Le Fils de l'Homme a tort :
« Il devait parmi nous vivre sous deux espèces;
« Comme un paralytique, a-t-il un côté mort? »

Tandis qu'un vagabond, implorant le subside
Qu'on refuse, sans pain, blême et traînant le pied,
Se dit : « Je ne sais plus où diable Dieu réside,
« Car pour moi, depuis l'aube, il est mort tout entier. »

Or, l'humanité croit sans demander la preuve;
L'humanité se donne à n'importe quels dieux;
Elle cherche qui la nourrisse et qui l'abreuve :
Mal, elle crie au bien, et, bien, hèle le mieux.

Pour lors, vive Bacchus! gavé, franc des épaules,
Ceint de raisins, les flancs de pampres court-vêtus!
Le Christ ayant laissé s'anémier les Gaules,
S'empoisonner la race et jaunir nos vertus,

Vive Bacchus! — à moins que ne revienne Pâques
Et ces brocs, ô Jésus! qu'on buvait avec foi,
Ces vins francs, aux couleurs claires ou bien opaques,
Sans aucune chimie (une ennemie à toi)!

Et l'homme, libéré du poison délétère,
 Fêtant l'accord subtil du vin et du froment,
 Croira qu'un sang divin a pu baigner la terre,
S'il voit saigner encor les veines du sarment.

. . . .

Hélas! Bacchus est mort! les vignes sont fanées!
Et le prêtre chrétien vit d'un culte ridé,
En menant le troupeau des âmes surannées
Avec des mots sonnant comme un tonneau vidé.

XXVI

Au Château de la Croyance

L ES artistes, posant sur d'anciens frontispices
Un penseur très drapé d'un manteau fabuleux,
Errant sur les débris d'un château nébuleux,
Prévoyaient notre époque avec des yeux d'auspices.

Par avance ils sentaient que le choc des abus
Ébranlerait les murs des fondements aux cimes,
Et leurs estampes sont ainsi que des rébus
Dont nous tenons les clefs funèbres et sublimes.

Car l'Idéal, battu des vents, s'éboule; rien
N'en demeure debout; et comme en ce gothique
Décor où se désole un passant romantique,

Dans notre temps croulant, dernier cadre chrétien,
L'Histoire observera, rêveur, dans la bruine,
Monsieur Rothschild pleurant la Croyance en ruine.

XXVII

Le bon Saint

A Émile GOUDEAU.

Un Saint, que fatiguaient les psaumes continus,
Vit des flâneurs humant des parfums d'aubépine ;
Il dit : « Je vais les suivre. » Aussitôt il clopine :
Les ronces du sentier empourpraient ses pieds nus.

Une femme apparaît, blonde, un poing sur la hanche,
La cruche sur l'épaule, et faisant les yeux doux :
— « Je suis Zæo ; je vends du vin : en voulez-vous ? »
— « Non, fit-il, le vin peut tacher ma robe blanche. »

Le Saint, très las, voulut dormir, mettre un bonnet
De coton, prudemment, sur son front bénévole :
Impossible ! car il avait son auréole
Qui surmontait son chef, et, gênante, l'ornait.

Ne pouvant ni marcher, ni dormir en ce monde,
Ni boire, quand chacun marchait, dormait, buvait,
Le pauvre Saint songeait aux peines qu'il avait,
Et principalement aux offres de la blonde.

Si bien qu'un jour le Saint adopte le soulier,
D'un pantalon marron voile sa maigre jambe,
Décroche de son front l'auréole qui flambe
Et la donne à Zæo pour s'en faire un collier.

XXVIII

Folie rouge

.

J E suis fou de la belle gouge
   Qui loge avec le bateleur;
Les cierges de la Chandeleur
Ont des mèches d'un moins beau rouge.

Si j'étais Nassz-ed-Din le Shah,
Ma collection spéciale
D'épouses à l'orientale
Compterait son profil de chat.

De temps en temps, de ma tunique
J'arracherais un diamant,
Pour en orner exquisement
Son cou rusé, d'un blanc unique.

Mais, dieux grands! suis-je Nassz-ed-Din!
Pour jeter l'or sur sa pelure,
Les joyaux sur sa chevelure,
Ai-je la lampe d'Aladin?

Elle est pourtant la diablesse
La plus femme qu'on puisse aimer;
Je sens des rages m'enflammer
Lorsque sa misère la blesse.

De son bonheur matériel
Nuit et jour mon cerveau s'occupe;
Les petits cuivres de sa jupe
Sont les étoiles de mon ciel.

Ce n'est pas qu'elle soit en loques;
Elle a des brodequins aux pieds!
Comme un fourniment de troupiers
Brillent ses claires pendeloques;

Mais les raretés de son cou
Appellent des colliers de reine,
Et sa longue main souveraine
Des chatons d'anneaux d'un prix fou.

Or, le groupe des vieilles gardes
Semble devoir accaparer
Tous les joailliers pour se parer.
Les « tendresses » les plus blafardes,

Vieux chevaux de retour du Bois,
Dont les dents suintent des ténébres,
Ces vivantes Pompes Funèbres
De nos luxures aux abois,

Promenant leur laideur ornée,
Diamantent leurs seins défunts,
Leurs cheveux qui vivent d'emprunts
Et leur poitrine époumonnée.

Injustice! ô terribles vœux!
— « Ce monde mal fait m'assassine! »
Me dit-elle, sombre et câline,
En déroulant ses vrais cheveux.

Sur les nerfs de mes yeux agissent
Leurs ondoiements ensorcelleurs;
Ses tresses, dardant leurs couleurs,
Rougissent, rougissent, rougissent...

A ce point qu'il devient blessant,
Ce rouge où mon regard se fixe...
Les poils de sa touffe prolixe
Me semblent peints avec du sang.

Je pense aux riches édentées
Pour qui le peuple est un troupeau,
Et ma haine baise un drapeau
Dans ces boucles ensanglantées.

XXIX

La Mort du comédien Laferrière

LES lambeaux d'une affiche aux murs de la banlieue
Font flotter la moitié d'un nom qu'on adora :
Laferrière! pour qui des Cités firent queue!
Comme les morts vont vite au clair du gaz! Hurrah!

Et j'ai le souvenir de banalités chères
Dans la petite ville où, frais adolescent,
Je vaguais en lisant près des portes cochères
Le placard du Théâtre en rouge effervescent.

Le nom s'est envolé, l'affiche tient encore.
Hurrah! — Ces lendemains de drame, ô floraison!
Je voyais en la vie un sentier que décore
La fleur supérieure à toute trahison.

Et puis, tout casse et passe, et s'en va pièce à pièce ;
Le jeune a des regrets bien plus que des désirs.
Qui pourra distiller au creuset de liesse,
Pour énerver le Temps, d'immortels élixirs ?

O révolté naïf, maitre de tes années,
Qui leur mettais un masque et les faisais mentir,
Tremblotant et prenant des poses surmenées,
O vieux jeune-premier ! Laferrière ! ô martyr !

Martyr d'un fol orgueil, vain rêveur d'éternelle
Jeunesse, qui venais, les membres sans ressort,
Roucouler ta chanson platonique ou charnelle,
Un pied sur le théâtre et l'autre dans la mort !

Voilà combien de temps que tu n'es plus ? Tes lustres
Sont en poudre, et ton vieux répertoire en exil.
Quel déchet, quand aux yeux qui riaient aux balustres
S'ouvrit le gouffre noir de ton état civil !

Dire que tu sentis, Ombre, feu Laferrière,
Sur ton front, où le fard mettait de l'idéal,
Frissonner des baisers que n'a pas eus Molière,
Et qui sur toi posaient leur vol sentimental !

Jeune homme, tu fus trop ambitieux. — Oublie
Tous tes bons rôles, car, désormais incomplet,
Avec tes os sans moelle et ta chair abolie,
Tu ne peux plus jouer que le père d'Hamlet.

Si tu fardes encor ta face, tu ne fardes
Rien qui puisse égayer beaucoup un rendez-vous,
Et tu ne reçois plus de caresses hagardes
Que celle de la Mort dans la noirceur des trous.

Et pourtant, ton dessein fut beau : sans cesse vivre
Comme en plein Floréal; jusqu'au bout, sous le froid
Qui ploie en deux les corps et met aux poils son givre,
Parmi les vieux courbés marcher vaillant et droit!

Par ce but surprenant avoir l'âme tentée :
Vaincre le triste vrai par l'artificiel;
Narguer les ans avec une lèvre teintée
Des tons que l'aube étale à l'orient du ciel,

Quel rêve! Certes, l'homme aux éléments en guerre
Arrache des secrets puissants ou gracieux,
Et, malgré les défis de la clameur vulgaire,
Trempe la force humaine aux fluides des cieux.

Mais la Nature fait payer cher sa largesse,
Et parfois son courroux d'être surprise est tel,
Qu'elle cache ses seins de jeune sauvagesse
Et donne au ravisseur un coup de dent mortel.

Ils tombent, les hardis inventeurs! Mais leur pose
Reste fière; et, couchés, ces révoltés sont beaux;
Lutteurs magnifiés, dans une apothéose
Ils se dressent vivants au-dessus des tombeaux.

Pour toi, pâle histrion ! ta dernière parade
Manque d'éclat ; tu clos ton rôle lourdement,
Le dos dans un linceul infecté de pommade,
Suivi par les journaux d'un long ricanement.

On prend avec plaisir l'essence et l'aromate
Pour finir d'embaumer ton profil grimaçant ;
Dans la boîte on te met comme un vieil automate
Au geste si grinçant qu'il en est agaçant.

La Nature peut bien, à des têtes grisées
D'audace, abandonner sa vapeur ou son jour ;
Mais, l'œil sec, elle livre à toutes les risées
Ceux qui veulent voler la jeunesse et l'amour.

XXX

Le Vieux et le Squelette

SONNET

S ES tibias, au jour, avaient l'air rose tendre;
Il fallait voir combien il était fier d'étendre,
Le matin, son bras sec, par l'aurore flatté,
Et, le soir, son pied froid, par le soleil tâté.

Un vieux le possédait : — « Quels soins ai-je dû prendre!
« Disait-il; par le frais des nuits je vais suspendre
« Un voile aux os du dos artistement voûté;
« Et je te le bichonne! Un squelette gâté!

« C'est vraiment une pièce anatomique insigne;
« Il me vient de mon bisaïeul en droite ligne;
« Il compte cent quinze ans, peut-être bien cent vingt.

« Moi, je me soigne encor mieux que lui, mais en vain,
« Et mes quatre-vingts ans vont me laisser sans flamme.
« Comme l'on vit longtemps lorsque l'on n'a plus d'âme! »

IV

Natalia

NATALIA

XXXI

Regret tranquille

Sous mes yeux s'éteignait la rue âpre et criarde...
Et vers les ans passés voici que je regarde
Et sens dans mon cerveau, qu'assèche un feu brutal,
L'épanouissement du souvenir natal.

J'aime à me rafraîchir dans ce regret tranquille.

Tel l'attardé qui bat toute une nuit la ville :
Il rentre en son logis désert, le front troublé,
L'œil rouge, le pied faible et l'estomac brûlé.
Il a bu des liqueurs malsaines par ondées
Avec des charlatans et des dévergondées ;
Il souffre ; une soif noire assassine son flanc.
D'un geste brusque il prend sa carafe ; et, tremblant
Et renversé, la main sur sa poitrine sèche,
Soupirant d'aise, avale un grand verre d'eau fraîche.

XXXII

La Maison où l'on aime

A vec ses volets verts, troués
D'un as de trèfle, sa vicane
Et la grille qui s'enrubanne
De volubilis mi-noués,
Elle ne vaut pas qu'on la vante,
La maison ! A peine il y a
Un sujet à la sépia.

En ma mémoire, elle est vivante !

Je l'aime. — J'en sais le chemin
Mieux qu'un guide ; — car sur le sable,

Les arbres, les rocs, de ma main
J'ai mis la marque impérissable :
J'ai semé ton nom tout le long,
Lettre à lettre, par un ciel blond,
Au retour de ta maisonnette,
Le jour que ton cœur m'y parla :
Un *j* par ci, un *a* par là ;
Tels les anneaux d'une chaînette,
Mon fil d'Ariane est ceci :
Un *n* par là, un *e* par ci.
Et j'irais, même à l'heure indue,
Tout droit, à la Maison perdue
Dans la vallée ; une clarté
Tremblante de l'astre qui doute,
Et je retrouverais ma route
Dans ton cher nom émietté.

La lune au ciel pend sa faucille ;
Cela suffit, je vole où c'est,
Cœur battant ; je sonne à la grille :
— Ouvrez, c'est le petit Poucet.

XXXIII

Les Roses

F EMME, le sort t'a fait une vie odieuse.
  Je sais que ton sourire est feint, et qu'il nous ment,
Et que parfois du fond de ton rêve inclément
Tes cris hèlent la mort miséricordieuse.

Yeux longuement fendus, friandises de roi,
Voilés comme les feux assoupis des veilleuses;
Torsades de jais; teint aux chaleurs merveilleuses:
Avoir tout pour damner, et souffrir! — soumets-toi!

Des lois de fer, les lois ironiques des choses
Ont lié dos à dos les Douleurs aux Beautés,
Et les cœurs délicats sont les déshérités.
Quand tu souffriras trop, va contempler les roses.

Les roses, comme toi, sont du sang des martyrs ;
N'ayant jamais péché, les pauvres anodines
Ne peuvent demander : « Pardon ! » pour leurs épines.
Pour payer un pardon il faut des repentirs.

Vois : qu'un insecte errant effleure leur corolle,
Elles sont en lambeaux aux piquerons du bois ;
Elles pendent, flottant en l'air, comme aux abois,
Et tressaillent de peur au vent d'une parole.

Femmes, roses, peut-être, au profond des sentiers,
Vous consolerez-vous en confondant vos larmes,
Pauvres fleurs qui, dans vos mélancoliques charmes,
Saignez à l'éternel gibet des églantiers !

XXXIV

Petite Ville

A Abraham Grünberg.

O ma bonne cité, quand le bourdon qui loge
A ta Maison de Ville, au soir, sonne dix coups,
Et que la cavité de ton antique horloge
Ressemble à la tanière où hurleraient dix loups;
O ma pâle cité! comme te voilà triste,
Que tes mails sont déserts, et qu'il faut être artiste
Pour goûter, en flâneur, vaguement, sous tes cieux,
L'aspect dolent de tes détours silencieux!

La lune, qu'un collier de nuages étrangle,
Met sa pâleur de morte aux flancs des pignons noirs;
Sur la place éclairée elle projette l'angle
D'un haut logis, et noie en l'ombre les trottoirs.

Des chiens passent, rasant les murs ; des silhouettes
De chats errent au vent, tout près des girouettes.

L'escholier de Paris, en vacance attardé,
Courrait en vain la gueuse au visage fardé :
Au bord de la fenêtre éteinte rien ne bouge ;
Seule la brise y fait sa cour aux résédas ;
La débauche est aux bas quartiers, où des judas
S'entr'ouvrent aux lueurs de la lanterne rouge.

Voici, se balançant, massif et décevant,
Tendu par ses chaînons criards, le réverbère,
Qui prend l'ombre des gens, l'enchaîne et la libère
En la faisant tourner sens derrière devant.
Le silence est coupé par des propos d'homme ivre
Qui parle avec mystère à des choses qu'il voit.
On entend frelasser, sous les rebords d'un toit,
Une enseigne, — et, plus loin, les deux plateaux de cuivre
Des barbiers, qui s'en vont de ci, de là, faisant
Un petit cliquetis clochetant et grinçant.

Dans la Rue-aux-Lilas, pas un feu ! tout s'efface.
Quand on marche, on croirait marcher deux ou trois fois,
Ici, là-bas, plus loin, à vos côtés, en face...
Vous avez fait un pas, l'écho vous en rend trois.
On s'arrête ; alors tombe un silence. Il oppresse,
Il obsède ; on n'entend plus un bruit. La cité
S'éteint-elle figée et morte de paresse
Dans l'alanguissement de sa sérénité ?

A l'aube : le soleil met les jardins en fête;
Les portes, aux battants de fer rouillé bardés,
Geignent sur les gonds lourds; la vieille, en serre-tête,
Fait claquer les auvents sur les murs lézardés.
Des grandes filles vont jaser à la fontaine;
Sur la fraîcheur des dents leur langue se déchaine
Et diffame; et voici l'éveil du bruit humain;
Les marchands ont rouvert; on ment, on déshonore
Cet air pur, la croisée en fleur, et le chemin
Où l'enseigne, à présent, pend, platement sonore.

Calme nuit! oh! reviens! clos ces propos frondeurs,
Clos ces bouches; éteins ce regard qui pourchasse
Le vagabond qui flâne et l'étranger qui passe!
Ville, fais la dormeuse et rends-nous tes candeurs.
Vienne l'heure où je suis le passant solitaire
Dont s'étonne l'écho de tes vieux carrefours;
Laisse un pas seul troubler ta nuit, et puis se taire,
Furtif, sans éveiller l'ombre des quartiers sourds;
Ferme tes magasins dès le soir; barricade
Tes maisons lorsque nait la lune au front malade,
Hâve et silencieuse, ouvrant ses yeux sacrés...

Que j'emporte de toi, loin des regards obliques,
Pour l'heure des repos un peu mélancoliques,
Des souvenirs très purs, très doux, très vénérés.

XXXV

Adieu, Tambours[1] *!*

CRANES tambours, on vous supprime !
Nos regrets, messieurs les Tambours !
Car votre roulement exprime,
Par la ville et par les faubourgs,

Dans une inquiète cadence,
Des réveils de peuples dormants,
Tambours, orchestre de la danse
Martiale des régiments !

[1] Cette pièce a été publiée par plusieurs journaux au moment où le ministre de la guerre, M. le général Farre, supprima les tambours, rétablis depuis. — (*Note de l'Éditeur.*)

O fils de nos grandes légendes!
Autrefois, vous avez été
Les Apôtres des propagandes
Sonores de la Liberté.

En mil sept cent quatre-vingt-douze,
Vous grondiez sous des mains d'enfants,
Emportant nos pères, en blouse,
Vers des idéals triomphants.

Puis, loin des discordes civiles
Et des guerres, dans le printemps
De la paix, vous charmiez nos villes,
Ra ta plan, Tambours battants!

La place où la retraite sonne
N'aura plus, pour vivant décor,
Nos babys et leur jeune bonne
Reluquant le tambour-major.

On décapite ce bel homme
Dont la canne donnait l'élan,
Et qui marchait devant, fier comme
Artaban. Plan! ra ta plan plan!

Pleurez, femmes! Mais vous, dans l'herbe,
Anes, dressez comme un drapeau,
Dressez votre oreille superbe:
On ne prendra plus votre peau

Pour tendre les nerfs de la France
Et tourner le lait des nounous,
Espoirs du pantalon garance !
Heureux ânes ! — mais pauvres nous !

La Guerre, aux cris d'énergumènes,
Caisse ou clairon, cuir ou métal,
Prendra toujours des peaux humaines
Pour battre son rappel brutal.

1880.

XXXVI

Paul et Virginie

ABRITÉS sous un parasol,
J'abusais de mon nom de Paul
Et de ta candeur infinie;
Dans les petits coins du jardin
Nous lisions le doux Bernardin
De Saint-Pierre, ô ma Virginie!

Quelle lecture et quel émoi!
Je voyais toi, tu voyais moi
Nous sourire à travers les lignes;
De bons soupirs gonflaient ton sein,
Et quand nous longions le bassin
Où mollement voguaient deux cygnes,

Nous songions au tumultueux
Essor des flots tempêtueux
Qui navre la fin de l'ouvrage...
Pourquoi finissait-il ainsi?
Notre roman finit aussi;
Te souvient-il par quel naufrage?

Voilà longtemps, — voilà dix ans;
Si j'en croyais les médisants,
Je dirais même : « En voilà onze! »
Et ces jeunes amours discrets,
Qui vivent de menus secrets,
Sont rarement coulés en bronze.

Depuis, j'ai perdu des cheveux,
Et les chansons des oiseaux bleus
Sur mes lèvres se sont fanées!
J'avais ces sentiments exquis,
Mal définis comme un croquis,
Mais frais de mes dix-huit années.

Las! qu'ils se sont contaminés
Dans l'ombre des estaminets
Ou bien dans la vapeur des gares!
Ces sentiments, comme ils sont gris,
Après les fièvres de Paris,
Où nous fumons trop de cigares!

Et maintenant, ce que je sai,
C'est que toi, tu n'as au passé
Rien donné, pas même une ride,
Pas une boucle au démêloir,
Et que j'ai voulu te revoir
Dans ta maison neuve et splendide.

C'était plus vaste que jadis,
Et dans des enclos agrandis
Un moment nous nous promenâmes;
Les sentiers étaient moins étroits :
Il est vrai que nous étions trois,
Trois êtres et non plus deux âmes.

Un monsieur allait, grave et droit,
Caressant du bout de son doigt
Sa barbe de quadragénaire;
Pour marcher avec ce succès
Il devait avoir un des ces
Trains de maison que l'on vénère.

Et sur nous deux, silencieux,
Chère, tu promenais tes yeux,
Railleurs sous la cérémonie...
Et je ne trouve pas badin
De te parler de Bernardin
De Saint-Pierre, ô ma Virginie!

XXXVII

L'Acacia

Voici l'acacia
Qui tend ses nerfs cassants, ses brindilles mièvres;
Capricieux et mal tourné comme les chèvres,
A la diable il grandit dans le terrain qu'il a.

Il paraît malheureux
Quand l'hiver a soufflé; l'hiver le brutalise;
Geignant, craquant, cassant sous les heurts de la bise,
Il jonche de rameaux crochus les chemins creux.

Mais quand vient Floréal,
De folioles d'un vert tendre il se costume;
Vers le ciel délivré du froid et de la brume
Il renaît dans l'orgueil d'un charme spécial.

Et l'arbre, gringalet
Quand sa sève n'a pas rayon qui la repaisse,
A la belle saison prend la toison épaisse
D'un riche végétal à l'ensemble replet.

Rien pour les maraudeurs :
Aucun fruit ne mûrit à ses fragiles branches ;
Mais pour les amoureux il a des grappes blanches,
Douces à l'œil, avec d'excessives odeurs.

Je sens dans mon cerveau
Vibrer avec ferveur l'arome des fleurs fortes,
Qui ressusciteraient des illusions mortes
Si les morts, par hasard, avaient un renouveau.

Capiteux et troublants,
Ses parfums largement s'épandent dans l'espace ;
La vierge sent faillir son cœur quand elle passe
Sous les acacias qui tendent leurs bras blancs.

Des arbres solennels
Il n'est point le rival, n'affectant sur sa route
Ni cette urbanité du tilleul qui se voûte,
Ni la rustique ampleur des chênes paternels.

Des arbres anodins
Il se distingue aussi par un air de bohême,
L'hiver ; mais au printemps il se vêt d'un poème :
Compagnon des fossés, mais hôte des jardins.

Sur la tombe d'Hiram
Il fleurit, consolant la Liberté proscrite;
Et la fraternité de ses feuilles abrite
Les routes, les cités, l'herbe et le macadam.

XXXVIII

(Fragments).

Ton amour est si doux qu'il ne peut pas griser.
Donnons-nous donc beaucoup de baisers ; le baiser
Le meilleur est celui de ta bouche à ma bouche.
Il a cette pudeur frissonnante qui touche,
Et mon cœur, jouvenceau qu'on croyait en exil,
Revient : « Je suis toujours de ce monde, » dit-il.

Dans la fraicheur de ces verdures que caresse
La brise, laisse-moi t'aimer avec paresse,
Et que je m'ensorcelle à tes yeux délicats.
Ah ! — misère ! — j'entends la vie, avec fracas,
Qui heurte au vestibule et dit : « Partons ! » Aux fosses
D'oubli je vais jeter comme des pierres fausses
Ce souvenir calmant : la douceur de tes bras !
— Par lambeaux de mon cœur tu te détacheras,

Car je te traînerai, mémoire demi-morte,
Dans le vain cliquetis des phrases, à la porte
Des cafés étouffants et de fumée obscurs,
Où le cerveau s'embrume aux alcools impurs.
Aimons-nous bien pendant la minute qui reste!

Tout est d'un charme pur dans la cachette agreste;
Un parfum capiteux et subtil comme l'air
Fait passer dans mon sang tout l'amour de ta chair
Et vibrer avec foi l'accouplement des lèvres.
Bons baisers, beaux baisers, longs, brûlants ou mièvres,
Vivez! Je sens frémir un souffle entre mes dents
Comme un chassé-croisé de nos soupirs ardents...
Je suis crédule à la transfusion des âmes,
A l'échange troublant des frissons et des flammes...

C'est vrai, je m'imagine avoir ton âme en moi;
Et la mienne, c'est sûr, t'émeut de son émoi;
Tout l'essaim inquiet de mes rêves te pèse;
Laisse-moi retenir ton âme qui m'apaise
Et perdre en ton baiser l'haleine et la raison.

... La girouette tourne au toit de la maison :
C'est le vent frais du soir. Rentrons. Aimons encore
A huis clos. Dans la cour la poule qui picore,
Les dindons qui buvaient dans l'auget ébréché
Sont couchés; les faisans, le coq, tout est couché.
Nul geste de vivant aux murs ne se profile,

Les songes bienveillants arrivent à la file
Nous bercer dans l'amour, la douceur et la paix.

Cependant qu'au jardin, posant son doigt épais
Sur sa lèvre, le dieu Silence, une statue,
Gouverne, les yeux clos, la maison qui s'est tue.

XXXIX

Sous la Lampe.

A Saint-Marcel.

O mes chagrins d'enfant pour des jouets cassés !
O désespoirs ! douleurs longues d'une minute !
Je ne sais quel cruel écho vous répercute,
Cris inquiets et vains que j'ai déjà poussés !

Je suis peiné. J'ai froid. D'un coup de sa houssine
La Nuit, magicienne obscure, a fait la paix.
Je songe, enveloppé dans le silence épais,
Seul, sous le rond très clair que l'abat-jour dessine.

J'ai marché, j'ai jeté dans le néant du vent
Tous les rêves frappés par les mépris du sage :
Des songes de printemps, fous comme le jeune âge,
Et des caprices frais comme un soleil levant.

Ainsi que le Gaulois qui prit la barbe blanche
Du Romain, j'ai raillé notre grand dieu barbu ;
Tranquillement, je l'ai nié, sans avoir bu,
Comme d'autres s'en vont au prône, le dimanche.

J'ai jeté ma prière à n'importe quel dieu
De la philosophie ou des mythologies ;
Puis, soufflant sur tous les flambeaux et les bougies,
J'ai dit aux dieux menteurs : « Je vous renie un peu. »

Puis je les ai traînés et j'ai semé la route
Du son de leur poitrine et du crin de leurs bras...
Hélas ! c'est un labeur qui rend le cœur très las
Qu'user l'heure qui passe à conquérir le doute.

Avec le carillon des mensonges sonneurs
Qui s'éteint aux clochers, cent chimères jolies
Qui tintinnabulaient se trouvent abolies,
Et j'ai perdu la clef de cent petits bonheurs.

Tels que ma lampe douce ils éclairaient la terre ;
Comme un souffle d'amante aimée, ils remuaient
Notre jeune âme, et les illusions avaient
Des ailes d'argent pur qui tenaient du mystère.

Mais tout ce vieux bagage est au fond des fossés
Avec les dieux et leurs attributs éphémères.
Ai-je regret d'avoir soufflé sur ces chimères?...
O mes chagrins d'enfant pour des jouets cassés!

V

La Vie éternelle

LA VIE ÉTERNELLE

XL

Train de Retour

L A trépidation excitante des trains
Vous glisse des désirs dans la moelle des reins.

Les wagons, hâtifs, vont, coupant le paysage.
Des femmes, cependant, très pures de corsage,

Partagent avec vous les canapés mouvants,
Près la vitre baissée ont des poses songeuses;
L'air libre bat leur joue et met des tons vivants
        Aux pommettes des voyageuses.

La trépidation excitante des trains
Vous glisse des désirs dans la moelle des reins.

Nonchalamment, on vole! A la garde des disques!
Le cœur est comme un Turc entouré d'odalisques;
Un roman : pied pressé — station — seule à seul,
— Femme exquise, — on répond, — on cause, — elle se donne...
Sauve qui peut! Messieurs, achetez un linceul!
        Le train vingt-quatre vous tamponne!

La trépidation excitante des trains
Vous glisse des terreurs dans la moelle des reins.

Bras, jambes, troncs, bois, fer, broyés, en tas informe,
Rouges, noirs, sont flambants comme une torche énorme.
Et demain, les journaux, qui vivent de sang frais,
Offrant aux abonnés des primeurs cinéraires,
Inscriront les défunts en caractère exprès
        Sur leurs colonnes funéraires.

La trépidation excitante des trains
Vous glisse des terreurs dans la moelle des reins.

O deuil! ô catastrophe! oubliera-t-on jamais
Ces corps mis en lambeaux le long des talus? Mais
Que l'ombre vienne au ciel, qu'on bouche les fontaines,
Qu'on écrase des nids, qu'on éteigne du feu,
Les sources et les nids, la flamme et le ciel bleu
    Ont des renaissances certaines.

La trépidation excitante des trains
Vous glisse des désirs dans la moelle des reins.

Donc, à la vie! Allons! et déblayez la voie!
Dans de nouveaux wagons d'autres couples, en joie,
Passent; et la vapeur, tous panaches dehors,
En berçant les amants dans les bras des maîtresses,
Sous les stores furtifs, pour remplacer les morts,
    Fait fructifier les caresses.

La trépidation excitante des trains
Fait sortir les vivants de la moelle des reins.

XLI

Les Anges

Un ange est un éphébe, un beau jeune homme blême,
Glabre comme un acteur, blond comme le blé mûr,
Rêveur comme Sapho, très délicat problême,
Être vague — et douteux à force d'être pur.

C'est ainsi qu'on le voit sur le vitrail gothique;
C'est ainsi qu'un abbé, dans un couvent mystique,
Peut sentir palpiter son cœur sous le camail
En voyant l'ange peint d'un côté du vitrail,
Quand, de l'autre côté, dans la même seconde,
L'abbesse, qu'un désir luxurieux troubla,
Rêve d'amour devant la même beauté blonde,
Homme pour celle-ci, femme pour celui-là.

Vous ai-je jamais dit que vous étiez un ange,
  Madame? laissez-moi reprendre la louange;
Elle est l'illusion d'un maladroit flatteur;
Dans un songe je vous aurai vue, indécise,
Confusément drapée en des voiles, assise
Sur les nuages gris qui couvrent la hauteur.
J'ai rêvé; mais voici le soleil; et la sève
  Sous l'écorce striée ou lisse des grands bois,
  Et le sang dans mon cœur s'échauffent: je vous vois,
Et j'ai l'amer regret d'avoir fait un tel rêve.

Puis, j'ai la souvenance, ouvrant un vieux missel,
  Naguère, d'avoir vu de ces enluminures
  Où, baignés d'outremer et ronds de bouffissures,
Des chérubins replets voltigeaient dans un ciel;
Cheveux au vent, dansait toute leur sarabande;
_Miraculeusement, par d'invisibles fils
  Autour d'un œil de Dieu suspendus en guirlande,
Ils l'adoraient avec des effets de profils.
  D'un nuage sortaient leurs ailes et leurs joues;
Jambes, bustes et bras n'existaient nullement.
Bonté divine! il faut que de moi tu te joues!
Ces êtres n'avaient pas de corps, apparemment!
Et vous seriez un ange! Une tête et des ailes!
Pas de beau corps veiné d'un jeune sang qui bat!
Votre ami passerait, loin des splendeurs charnelles,
Des nuits comme le jour stérile du sabbat!

Non! non! vous le voyez, Madame, on vous diffame
Quand on vous appelle ange; et que vous valez mieux!
Soyez fleur, soyez chatte, ou plutôt soyez femme,
Vivez! ne soyez pas un mensonge des cieux.
Les fleurs, les animaux, dans la nature immense,
Vivent, ont des senteurs, des mouvements, des cris;
Chacun naît de l'amour, aime et se recommence;
Cependant que, privés de baisers, aux lambris,
Les Anges passent leur existence fictive
A battre le néant d'une aile maladive;
Ils n'ont jamais aimé, jamais ri, jamais bu
Au broc familial où s'allume la joie,
Quand la chair est contente et que le cœur festoie.

Plus tristes que les Morts, ils n'ont jamais vécu.

XLII

Rondeurs

L'ESSAIM fécondant des caresses
Joyeusement s'esbat en rond ;
La pensée avec ses ivresses
Habite le dôme du front.

Et la Nature, qui défère
A l'impérieux règlement,
Pousse dans l'éternelle sphère
Des globes, indéfiniment.

L'œuf, où germe la créature,
A peuplé les immensités ;
Ronds, tous les flancs de la Nature,
Ronds, tous les astres habités.

Et depuis la voûte nocturne
Jusqu'au fond du plus borgne hôtel,
Tout est rond : l'anneau de Saturne
Et la bague de Hans Carvel.

Même, le vieux bon Dieu des cintres,
Gorgé d'azurs et de carmins,
Bien qu'attardé, veut que les peintres
Lui mettent une boule en mains.

Là-dessus, dois-je dire aux dames
Pourquoi les baisers maraudeurs
Préfèrent aux parfums des âmes
La coupe aux charnelles odeurs ?

Les baisers à l'ampleur féconde
Des seins vont, à tort, à travers,
Poussés vers cette mappemonde
Par les règles de l'Univers.

XLIII

Le Suicide

A Léon Gaillard.

Dans son manteau de désespoir,
Voici le Suicide noir,
Avec une corde en sautoir.

Il descend dans les capitales ;
Son sac de nuit est plein de râles
Et tout poudreux d'arsenics pâles.

Il brûle la cervelle au fou,
Et serre d'un licou le cou
De l'homme qui n'a plus le sou.

Convulsif, il mène sa course
Dans les mansardes, à la Bourse,
En plein soleil, aux feux de l'Ourse ;

Au Nord, au Sud, à l'Ouest, à l'Est,
Et pour un zist et pour un zest,
Le spleen l'allège de son lest.

Mais toi, la pauvre fille enceinte,
Dont le visage a pris la teinte
Cadavérique de l'absinthe,

Ne lui dis pas en ton tourment :
« — Viens, Suicide, ô seul amant
« Dont le baiser soit un calmant ! »

Non ! — La chaleur des amours franches,
Qui féconda tes formes blanches,
Ne déshonore point tes hanches.

Relève-toi ; tiens le front haut ;
Éteins le feu de ton réchaud ;
Sois vaillante. Fais ce qu'il faut.

Ouvre ta fenêtre, et, calmée,
Laisse, vers la voûte allumée,
Fuir le Suicide en fumée.

Tu verras qu'il est bon et sain
De tenir, blotti sur ton sein,
L'enfant frileux comme un poussin.

Qu'il naisse et grandisse en courage,
Afin de frapper au visage
Les lâches qui te font outrage.

La vie est bonne. Et tu verras
Combien fière tu marcheras,
Appuyant sur son bras ton bras.

Vis donc en ton flanc qui tressaille;
Espère en ton sang qui travaille.
Que le Suicide s'en aille

Plutôt traîner sur les pavés,
Comme les corps de chiens crevés,
De vieux exploiteurs décavés.

Mais toi, debout à ta fenêtre,
Aspire l'air qui te pénètre!
Puis, voyant les étoiles naître

Comme des yeux, au firmament,
Songe aux beaux yeux d'enfant charmant
Que ton sang forme en ce moment.

XLIV

La Tête de Danton

A Edmond FRANK.

Lorsque Danton marcha vers les couteaux funèbres,
Il fut grand. Près du fer qui trancha ses vertèbres
Nul frisson ne gela la moelle de ses os.
Avant que le bourreau l'eût couché sur le dos,
Danton, dressant les poils de sa tête bombée,
Se fit un piédestal de sa grandeur tombée.

Tous ne peuvent traiter la mort avec hauteur
Ni mourir largement comme un gladiateur :
Camille eut peur; Bailly se tut; Danton travaille
A frapper sa parole ainsi qu'une médaille

Qu'il jette au peuple afin de se perpétuer.
Utilisant le temps qu'on met à le tuer,
Il fait vibrer son masque et gronder sa voix pleine :
— « Montrez ma tête au peuple, elle en vaut bien la peine ! »

Danton s'étant livré, la planche bascula.
Le bourreau prit la tête aux cheveux. La voilà :

Oh ! quelle intensité des tortures humaines !
Comme l'eau qui s'échappe à gros flots des fontaines,
Le sang, tout chaud battant, a son explosion,
Puis s'arrête ; les yeux vous voient ; la torsion
Des nerfs fait s'amincir les narines ; le jaune
Mortuaire, ce jaune affreux qui badigeonne
La peau des trépassés, dégonfle l'embonpoint
De la joue ; et l'on voit la lèvre ouvrir un coin
Qu'un nerf vivant encor tire, tord et surmène.
—Montrez la tête au peuple, elle en vaut bien la peine !

.   .   .   .

.   .   .   .

Mais l'Histoire se rit des laideurs du cercueil ;
Essuyant les sueurs de mort, avivant l'œil,
Elle a son voile, ainsi que sainte Véronique,
Où s'impriment les traits, pris au moment unique.
Et plus tard elle montre un autre front, bardé
Du masque vigoureux que ce voile a gardé.

Danton, quand, pour léguer ta vigueur à la race,
Tu mis ton testament aux muscles de ta face,
Tu préparas, du seuil de ton néant certain,
Des résurrections de mâles au lointain !

XLV

Les Mouches

Hirondelles du ciel de lit,
Les mouches sonnent leur fanfare,
Et ma bougie est comme un phare
Qui flamboie. Auprès, tout pâlit.

Elles y vont brûler leurs pattes;
Les hôtes de mes longs rideaux
Laissent les ailes de leur dos
Au bord des flammes écarlates.

Les pauvres, mortes à moitié,
Sont convulsives sur ma table;
C'est un martyre épouvantable
Qui vous pénètre de pitié.

Elles tombent, les bestioles!
Tels les chercheurs sentimentaux
Qui trouvent des trépas brutaux
Dans la splendeur des auréoles!

Moi, qui lisais nonchalamment
Sur l'oreiller, je me soulève,
Je sens comme le froid du glaive
Devant les affres du tourment.

La vie! oh! quelle gabegie
Pour les mouches! La mort, puis rien!
Devrais-je pas, en bon chrétien,
Souffler le feu de ma bougie?

M'envelopper d'obscurité
Pour leur éviter le martyre
De ce bûcher qui les attire
Et grille leur naïveté?

Non! je dois lire tout mon livre.
Il faut que luise derechef
Mon flambeau! car le temps est bref
Et le travail long : il faut vivre!

Notre vie est un plus long bail;
Mais, au bout, des destins farouches
Nous frappent comme vous, ô mouches!
La mort non plus n'est qu'un travail.

Et les forts sont les cœurs de pierre
Qui s'en vont, calmes ou rieurs,
Sans compter les inférieurs
Qui se brûlent à la lumière.

XLVI

Parlons des Morts

De chers yeux que n'a pu rallumer notre haleine
Se sont clos; nos cheveux tombent comme la laine
Que l'ouaille en passant laisse aux crocs de l'églantier,
Pour faire plus moelleux le lit de l'héritier.
Nous passons : rien de nous ne se perd dans la tombe,
Et la place du sol où notre cercueil tombe
Fleurit, livre en pollen toute une flore aux vents;
Et tant mieux si ces fleurs peuvent plaire aux vivants!
C'est notre sang, nos nerfs, notre chair, tout notre être.
Ce beau fruit velouté, cette herbe que vient paître
Le bœuf, près de l'enclos où travaillent les Morts,
Font du sang à nos fils et les rendent plus forts;

Raffermissent des os qu'un adroit ciseau sculpte ;
Et nous rajeunissons d'une manière occulte
Le monde que ne peut appauvrir notre fin.

Nous servons de repas à la table où la Faim
Universelle vient s'asseoir et se goberge ;
Nous sommes respirés par des lèvres de vierge,
Des poumons de soldats et des gosiers d'oiseaux.
La lumière jaillit du phosphore des os ;
Et, sort toujours pareil, vivants ou morts, nous sommes
La matière passant la force à d'autres hommes.
La Nature, dans l'air mortuaire et natal,
Change un dernier soupir en un frisson vital,
Prend le fluide intense aux restes de nos pères
Innombrables, couchés sous les forêts prospères ;
Elle en fait la fraîcheur intense des sous-bois
Qui pénètre et vous met la poitrine aux abois ;
Mais leur esprit, que l'arbre aspire des abîmes,
Tressaille avec entrain dans la gloire des cimes.

Aussi, les très chers Morts, ne les pleurons pas trop :
Cheval de la ballade, emporte-les au trot !
Quant à ceux que nos yeux ont connus, que, vivace,
Leur être en nos cerveaux aimants prenne une place,
Revive en notre vie, afin qu'en nos repas
Nous rappelions leurs traits, leurs gaietés, leurs combats !
En buvant, sourions des poses amicales

Qu'ils avaient! Festonnons leurs colonnes tombales
Et voilons le hoquet qui les a fait partir.

Et même il sied de boire en l'honneur du martyr;
A celui qui laissa l'àpre fer des tenailles
Mordre ses nerfs virils et fouiller ses entrailles!

Car les martyrs, les bons martyrs s'en vont, mourant
Grisés d'une hautaine espérance, espérant
Retremper l'univers dans le sang de leur veine.
Sans eux l'Humanité serait mollasse et vaine;
Et, relevant les goûts qui tombent en langueur,
Ils font jouir le Monde avec plus de vigueur.

Le dernier Mystère

LE

DERNIER MYSTÈRE

———

Un savant qui mourait pria
   Qu'on portât son corps presque inerte
Non loin de la fenêtre ouverte.
L'œil vers le jour, il épia
La Mort.

    Et la terre ravie
Au dehors débordait de vie

Sous les baisers de Juin en rut.
— Chut! disait-il aux amis, chut!
Déjà l'ombre envahit la terre;
J'ai la main tout près du mystére...

Mais un moineau vif et pansu
Chanta dans la nature en fête:
Le savant détourna la tête...

Et la Mort vint à son insu.

TABLE

DES MATIÈRES

TABLE

DES MATIÈRES

II. — *LES VICTIMES*

III. — *GAIETÉS & IRONIES*

IV. — *NATALIA*

V. — *LA VIE ÉTERNELLE*

Achevé d'imprimer

Le dix octobre mil huit cent quatre-vingt-trois

PAR CH. UNSINGER

POUR

ALPHONSE LEMERRE, ÉDITEUR

A PARIS